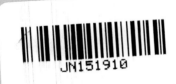

戸渡阿見
詩集

ネコの目玉！

たちばな出版

戸渡阿見詩集

ネコの目《め》玉《だま》！

目次

まえがき

本書は、私の四冊目の詩集になります。二〇〇八年以降に作った詩を、一冊にまとめました。

詩人は「死人」に聞こえ、俳人は「廃人」に聞こえ、歌人は「佳人」に聞こえます。そう考えると、歌人が一番いいと歌人岡野弘彦氏は言いました。詩人に言わせると、詩人は「思人」であり、俳人は「蝿人」であり、歌人は「蚊人」かも知れません。いずれにしろ、歌人はまじめな人が多く、俳人は洒脱な人が多く、詩人はまじめな人と、変わった人の両方がいます。

本書は詩集ですが、私は俳人であり、歌人であり、小説家でもあります。俳句は、十八歳から作り始め、いまでは現代俳句協会の会員です。短歌は、昭和天皇の短歌の師である岡野弘彦氏に習っていました。しかし、俳句ほど本格的にはならず、もっぱら、禅僧のように道歌を詠むだけです。しかし、また短歌を作りたいとも思っています。

短歌の「調べ」と、俳句の「切れ」は違います。それで、なかなか両立はできないのですが、寺山修司のように、個性的な両立ができたら理想です。

このように、短歌も俳句も好きなのですが、自由詩を作り始めるようになったのは、つい最近のことです。以前から作曲や作詞をやり、短い言葉の詩集は、『神との語らい』というタイトルで、三冊出版したことがあります。しかし、本格的な自由詩は、この詩集が初めてなのです。

私の性質は、どちらかと言えば「死人」「廃人」「佳人」と、「思人」「蝿人」「蚊人」が入り混じり、「志人」「拝人」「花人」や、「子人」「灰人」「火人」を、そこにまぶしたようなもの。だから、本来は、小説や自由詩が合っているのかも知れません。

ところで、現代の詩人では、「まどみちお」や谷川俊太郎はよく知られますが、それ以外の詩人は、あまり知られていません。中原中也や萩原朔太郎、宮沢賢治なども有名ですが、私にとっては、とにかく暗いのです。現代の有名詩人の詩集を見ても、難解で暗いものばかりです。島崎藤村やシェークスピア、武者小路実篤の詩は、まだ明るくてわかりやすい。特に、武者小路実篤の詩には、わかり易くて前向きで、好きな詩がたくさんあります。でも、最近は誰も読まなくなりました。

二十代の頃は、リルケやハイネ、ボードレールなども読みましたが、眠くてよくわかりませんでした。現代の有名な詩人の詩をみても、わからないものが沢山あります。普通の人が読んで解らない詩を、詩人が書く意味はどこにあるのか。いつも、疑問に思う所です。その点、「まどみちお」は最もわかり易く、最も深い気がします。だから、日本人で初めてアンデルセン賞を受賞したのでしょう。

普通の人に何が言いたいのか、良く解らないものは、アニメでも大賞は受賞しません。「千と千尋の神隠し」がアカデミー賞を受賞し、「ハウルの動く城」、「もののけ姫」が受賞しなかったのは、そのためです。普通の知識人なら、誰でもその事は解るはずです。

「崖の上のポニョ」も、ちょっと難しいでしょう。

ところで、最近、谷川俊太郎の詩集をしっかり読んで、とても解り易く、明るく、自由奔放なことに驚きました。新川和江もわかり易く、明るく、自由な詩心があり、大好きになりました。詩は、やはり、詩の言葉より詩心に重心があり、難解な言葉や表現に凝る人は、よほど詩心に自信がないのでしょう。「まどみちお」は、ありのままの詩心で、正面から勝負する所が偉大です。

ところで、短歌や俳句で大切なのは、第一は詩心であり、第二に言葉の意味が五十％、あとの五十％は、言葉の調べです。さらに、有り型のパターンにならない意外性があり、その人にしか詠めない個性と、その人らしい輝きがあることが大切です。そこに、芸術性を見出すのです。

これは、詩でも作詞でも、小説や戯曲でも、本質は同じでしょう。谷川俊太郎やまどみちお、新川和江も同じです。いい詩を書く人は、皆その本質に根ざし、生き生きとした魂の品格があります。それが表《おもて》に顕《あらわ》れると、明るくて自由な、輝く詩心になるのです。私は、これらの人々の詩集を丹念に読んで、急に詩に開眼し、自由詩がどんどん書けるようになりました。

ところで、私はいろんなジャンルの絵を描く、画家でもあります。最初に絵の勉強を始めたのは、俳画や仏画、水墨画や日本画でした。それから、十年以上経って西洋画を始めたのです。西洋画を始めて解ったことは、西洋画とは、何でもありの世界だと言うことです。必ずしも、キャンバスに描かなくてもいいし、立体やコラージュ、画材も何でもありで、びっくりしました。抽象画があり、キュビズムやフォービズム、シュールレアリズムあり、アクションペインティングもある。形をキッチリ描く必要はなく、巨匠ほど形は稚拙です。と言うよりも、形の奥の絵心を大切にするので、敢えてそう描くのです。とにかく自由で、何でもありなのです。それが解り、西洋画が好きになりました。こうして、私は絵画に開眼し、次々と大作が描けるようになったのです。

この、私の絵画における開眼史は、そのまま詩と小説の、開眼史にもあてはまります。つまり、最近まで短歌や俳句など、いわゆる定型詩しか作ってなかったものが、文字数や季語の枠にとらわれない、何でもありの自由詩に開眼したわけです。その発端は、小説でした。小説を書くようになり、何でもありの文芸の楽しさを知ったのです。そこから、何でもありの自由詩の世界に醒め、西洋画のように、次々と書けるようになったのです。
特に、自由奔放でありながら、良く計算された谷川俊太郎の詩には、大きな影響を受けました。シンガーソングライターの、中島みゆきと同じです。それで、私の作詞、作曲の世界にも、新しい創作の世界が広がったのです。

こうしてできた詩集、『明日になれば』は、比較的まじめな詩を集めた一冊です。これを読んだ人は、私がまじめな詩人だと思うかもしれません。一方、詩集『ハレー彗星』は、おもしろくて楽しい、言葉遊びのオンパレードです。これを読むと、おかしい詩人だと思われるでしょう。

また、アルゼンチンに五日間で往復した、九十六時間の機内と空港で作った三十四篇の詩は、そのまま、詩集『泡立つ紅茶』の一冊になりました。これを読むと、「ウニ」入りミックスピザのように、「まじめ」と「おかしさ」がミックスされた、新しい味になったと思うでしょう。

面白いことに、小説で言葉遊びや駄洒落を嫌う人も居ますが、谷川俊太郎やまどみちおの詩集を見て、それを嫌ったり、批判する人は居ません。また、日本の伝統芸能の落語や狂言は、言葉遊びのオチが多いのです。短歌でも、「掛詞《かけことば》」は、伝統的な気の利く修辞法でした。こうして、洒落は、もともと知性と教養を必要とする、気の利いた表現だったのです。それが、一九六〇年代以降、これに価値を認めない人々から、「駄洒落」と言われるようになったのです。

ですから、この歴史を知れば、谷川俊太郎やまどみちお、シェークスピアなどの詩人のように、言葉遊びや駄洒落の詩があっても、決して悪いはずがありません。自由詩の世界では、大歓迎されるのです。詩心とユーモアがあり、人間の本質や魂の局面を、様々な角度から表現するものなら、何でもいいのです。さらに、意外性があり、言葉使いに個性があり、調べが美しければ、もっといいのです。それが、自由詩の魅力だと言えます。

なお、『明日になれば』は、詩画集もあります。これは、ひとつひとつの詩をモチーフに、私が描いた絵を載せたものです。また、『おのれに喝！』という書言集もあります。これは、私の一言の詩を、禅僧のように書道で書いたものです。また、『墨汁《ぼくじゅう》の詩《うた》』は、私の俳句と書と、水墨画の先生とのコラボレーションです。

このように、私にとっては、詩心と絵心は、同じルーツのものです。すなわち、両方とも詩心なのです。そして、絵心とは、それを色彩や形で表わすもの。だから、「まどみちお」も、あんなに素敵な絵を描くのでしょう。しかし、彼の絵画に関しては、詩よりもキッチリと描《か》きすぎです。ミロのように、もっと軽く、もっと色や形を省略した方が、彼の詩心が前面に出てくると思います。

孔子が、教養とは「詩に興り、礼に立ちて、楽に成る」と言ったように、詩心は、魂の高貴な部分の表われです。だから、詩心が豊かであれば、芸術作品の創作範囲は、無限に広がるのです。オペラや歌曲やポップスを歌う歌手も、作詞や作曲をする人にも、歌心とは、音で表わす詩心であることを、是非知って頂きたい。

最後に……。

谷川俊太郎氏は、多くの子供たちや大人に、詩のおもしろさや楽しさを教えました。

私の詩は、無論、それほどのものとも思えませんが、わかり易さや明るさ、また面白さに関しては、きわ立っていると思います。

この詩集を読んで、詩は自由で楽しいものなんだと、思ってくださる方が増えれば、これにまさる喜びはありません。

また全ての芸術家が、詩心を豊かにするために、詩が好きになってくれることを、切に祈るものです。

戸渡阿見

本書は、二〇一一年五月に発刊された
「詩集　魔女の目玉」を改題し、
装いを新たにして発行しました。

戸渡阿見詩集

ネコの目《め》玉《だま》！

ある種《しゅ》の喜《よろこ》び

お腹《なか》がふくれた時《とき》の睡眠《すいみん》
お腹《なか》がほぐれた時《とき》のおなら
お腹《なか》が痛《いた》い時《とき》のうんち
お腹《なか》が下《くだ》ったときの

錠剤《じょうざい》ロペミン
お腹《なか》がふくれ切《き》った時《とき》の出産《しゅっさん》
腹《はら》が立《た》った時《とき》の罵声《ばせい》
腹《はら》が太《ふと》り過《す》ぎた時《とき》のダイエット
腹《はら》が据《す》わった時《とき》の決断《けつだん》と実行《じっこう》
腹《はら》が収《おさ》まらぬ時《とき》の八《や》つ当《あ》たり
腹《はら》をかかえて笑《わら》う時《とき》の家族《かぞく》

何事《なにごと》も
腹《はら》は快適《かいてき》にして
すこやかなるが良《よ》し
これが
祓戸大神《はらえどのおおかみ》の働《はたら》きである

言《い》うことを聞《き》け

屁《へ》が出《で》てしまった
出《で》るなと言《い》ったのに
へー
なんだとー

へっーへっー
もう一度《いちど》言《い》ってみろ
べー
お前《まえ》は……
いつもいつも
言《い》うことを聞《き》かぬやつだ
今度《こんど》出《で》たら

絶対《ぜったい》におしおきだ
プー
何《なに》を笑《わら》ってる
ペリー
何《なに》をはがしたのだ
ポワーン
何《なに》に見《み》とれてるのだ

プスー
不満《ふまん》なんだな
ブスー
女性《じょせい》を侮辱《ぶじょく》するな
べー
わしはフェミニストなんだ
べー

やっぱり美人《びじん》がいいね
バリバリバリバリ
バリ島《とう》の美人《びじん》なら
ゴーギャンだね
グー
グーの音《ね》も出《で》ないだろ
これで平定《へいてい》できた

そろそろ
トイレに行《い》こう

北京《ぺきん》オリンピック

霧《きり》が晴《は》れたように
空《そら》は曇《くも》っていた
それはどんな空《そら》だい
言《い》えばキリがない

そんな空《そら》だよ
ふうーん

そらみたことかい
なんだいそれ
そら耳《みみ》のような
ささやきで

空《そら》を見上《みあ》げ
北京《ぺきん》オリンピックを
語《かた》っただろう

ああ
今朝《けさ》のことかい
そうだよ

あの時《とき》の空《そら》は
こんな空《そら》だったよ
そうかな
やっぱり
ぼくの予《よ》想《そう》通《どお》りだった
そうだね……

心《こころ》は曇《くも》る青《あお》い空《そら》
メダルを逃《のが》した
選手《せんしゅ》たち
終《お》わってスッキリ
霧《きり》は晴《は》れ
メダルを逃《のが》した悔《くや》しさで
空《そら》は曇《くも》るのさ

なんだそれじゃ
今《いま》のぼくと同《おな》じだね
なんでだい
恋《こい》はしたけれど
彼女《かのじょ》を逃《のが》した
後《あと》だもの……
それもそうだね

でも
オリンピックは
参加《さんか》することに
意義《いぎ》があるんだよ
それじゃ……
なにもない人生《じんせい》より
失恋《しつれん》でも

あったほうがいいね
そうさ
なにもないより
何倍《なんばい》もすばらしい
人生《じんせい》だよ

二人《ふたり》は空《そら》を見上《みあ》げ
思《おも》わず笑《わら》った
すると
霧《きり》の晴《は》れた
すっきりと曇《くも》った空《そら》から
雨《あめ》が降《ふ》って来《き》た
二人《ふたり》はそれでも

笑《わら》ったままだった

神秘《しんぴ》

雨《あめ》がシトシト降《ふ》っている
紫《むらさき》の雲《くも》が美《うつく》しい
雨《あめ》はどこから来《く》るのだろう
科学《かがく》の知識《ちしき》がなかったら

宇宙《うちゅう》から来《く》ると思《おも》うのに
知識《ちしき》が邪魔《じゃま》して
神秘《しんぴ》がない
雲《くも》から雨《あめ》の出《で》る時《とき》を
見《み》れば
神秘《しんぴ》に驚《おどろ》くはずだ
ほんとは科学《かがく》は神秘《しんぴ》なのに

なぜか心《こころ》はさめている
自然《しぜん》の全《すべ》ては神秘《しんぴ》なのに
なぜか心《こころ》はさめている
男女《だんじょ》の出会《であ》いは自然《しぜん》なのに
この時《とき》だけは
なぜか死《し》ぬほど浮《う》き立《た》ち
ときめく心《こころ》の不思議《ふしぎ》さよ

そんな時《とき》に雨《あめ》を見《み》れば
雨《あめ》は輝《かがや》き光《ひか》ってる
そこには科学《かがく》もなく
自然《しぜん》もない
ただただ輝《かがや》く雨《あめ》があり
光《ひか》る水滴《すいてき》に
神秘《しんぴ》があふれている

五人《ごにん》の天使《てんし》

明《あか》るい空《そら》に
五人《ごにん》の天使《てんし》が笑《わら》ってる
一人《ひとり》は人気《にんき》のある天使《てんし》
一人《ひとり》は気難《きむずか》しい天使《てんし》

一人《ひとり》は賢《かしこ》い顔《かお》の天使《てんし》
一人《ひとり》は笑《わら》った顔《かお》の天使《てんし》
もう一人《ひとり》は
輝《かがや》かしい
聖母《せいぼ》の顔《かお》の天使《てんし》
皆《みな》はぼくを見守《みまも》り

いつも見《み》ていてくれる
ぼくは
いつもいい子《こ》ではない
でも
いつも悪《わる》い子《こ》でもない
だから
いろんな顔《かお》の天使《てんし》がいるんだ

でも
ぼくを愛《あい》してくれるから
皆《みんな》笑《わら》ってるんだ
笑《わら》って見《み》ていてくれると
ほんとうに幸《しあわ》せだ
どこにいても安心《あんしん》で
やる気《き》が出《で》てくる

ぼくも
あの五人《ごにん》の天使《てんし》のように
五《いつ》つの顔《かお》をもって
どんな人《ひと》にも笑《わら》って
見《み》てあげなきゃいけない
そう思《おも》った
ほら

また
あの五人《ごにん》の天使《てんし》が笑《わら》った
空《そら》はどこまでも青《あお》く
晴《は》れ渡《わた》っている

一歩《いっぽ》一歩《いっぽ》

焦《あせ》らずに
道《みち》を進《すす》めるしかない
物事《ものごと》は
一《ひと》つ一《ひと》つ

一歩《いっぽ》一歩《いっぽ》である
人《ひと》は
一《ひと》つ一《ひと》つ物《もの》を覚《おぼ》え
少《すこ》しずつ育《そだ》って行《い》く
野《の》や山《やま》の
草花《くさばな》や
樹木《じゅもく》と同《おな》じだね

一日《いちにち》でも忘《わす》れたら

道《みち》は深《ふか》く
事《こと》は順番《じゅんばん》だ
いつの日《ひ》も
前向《まえむ》きで

一《ひと》つ一《ひと》つ
丁寧《ていねい》にこなす

だから
人《ひと》は
日頃《ひごろ》が大切《たいせつ》
毎日《まいにち》毎日《まいにち》を

大切《たいせつ》に生《い》きる
それしかない
自然《しぜん》は
樹木《じゅもく》が大切《たいせつ》
だから
毎日毎日《まいにちまいにち》

樹木《じゅもく》を育《そだ》てる
その心《こころ》で
丁寧《ていねい》に生《い》きる
これが
自分《じぶん》の幸《しあわ》せを
ゆるぎなくする
生《い》き方《かた》である

自分《じぶん》に
こう言《い》い聞《き》かせ
何年《なんねん》
生《い》きて来《き》ただろう
こうして
自分《じぶん》に

言《い》い聞《き》かせなくなったら
ぼくは
もう
だめな人間《にんげん》になる
それを
一日《いちにち》でも
忘《わす》れたら

潮騒《しおさい》

鹿島《かしま》の海《うみ》の
潮騒《しおさい》の
音《おと》のざわめき
優《やさ》しくて

砂地《すなじ》に伝《つた》わる
足肌《あしはだ》の
太陽光《たいようこう》の
なごり熱《ねつ》

心地《ここち》の良《よ》さが
極《きわ》まりて

真夏《まなつ》の風《かぜ》に
溶《と》け入《い》ると
身体《からだ》も心《こころ》も
溶《と》け始《はじ》め
ついに全《すべ》てが
消《き》え去《さ》った
鹿島《かしま》の海《うみ》の

潮騒《しおさい》に
自分《じぶん》が
溶《と》けて
消《き》え去《さ》った

花《はな》

花《はな》はなんで
花《はな》なのですか
根《ね》っこと
茎《くき》と

葉《は》っぱより
花《はな》があるからです

そのぶん
命《いのち》も短《みじか》いですが
地《じ》味《み》に生《い》きるより
幸《しあわ》せです

誰《だれ》かが
ほめてくれると
もっと幸《しあわ》せです
短《みじか》い命《いのち》が
輝《かがや》きます

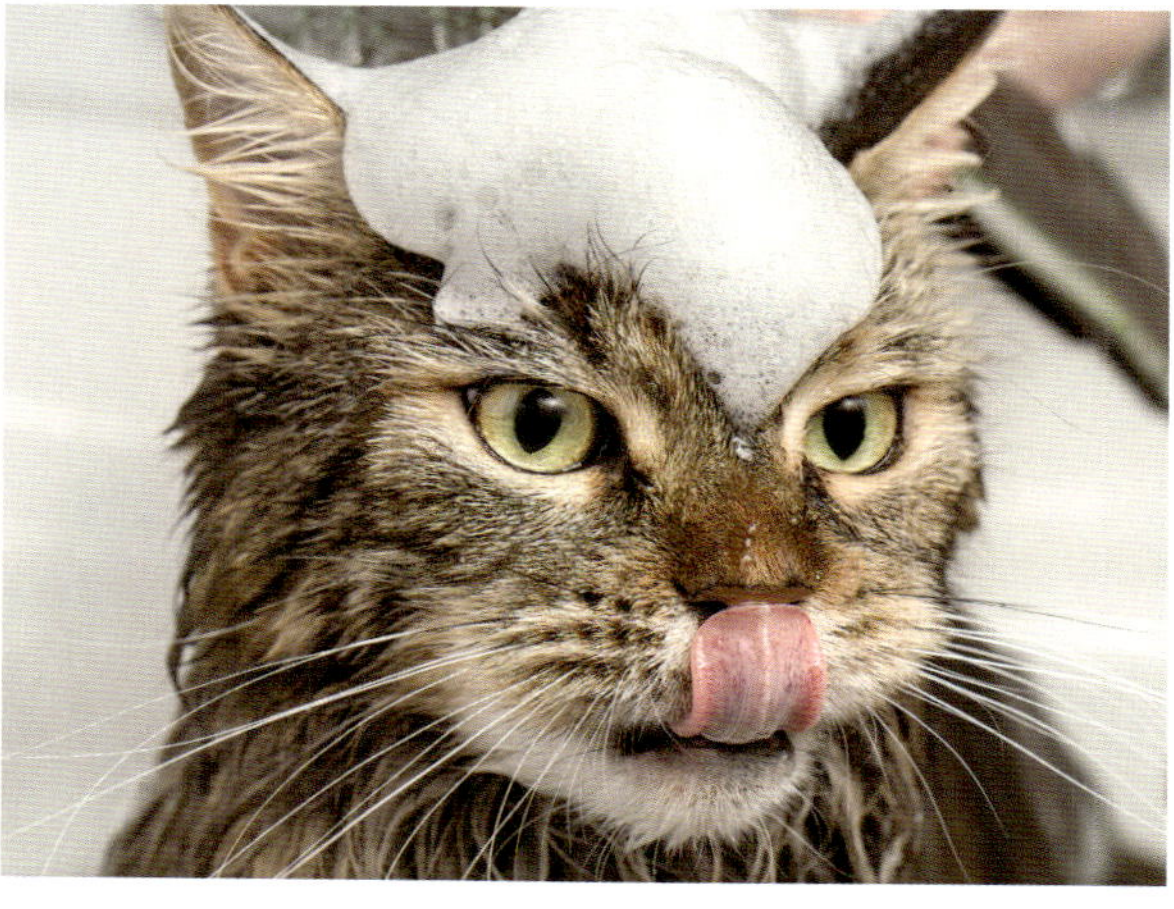

鼻《はな》くそ

ねえ
鼻《はな》くそさん
鼻《はな》くそは
なんで

鼻《はな》くそなんですか
鼻《はな》が糞《くそ》すれば
こんなものです
でも
ほじくると
気持《きも》ちいいですよ

誰《だれ》しも
自《し》然《ぜん》の要求《ようきゅう》する
清《きよ》めの行《こう》為《い》は
気《き》持《も》ちいいものです

身体《からだ》に住《す》む
神様《かみさま》が

喜《よろこ》ぶからです

離《はな》れ技《わざ》

離《はな》れ技《わざ》は
離《はな》れてする技《わざ》
近《ちか》づいてすると
近技《ちかわざ》です

近技《ちかわざ》を
あたかも
離《はな》れてするようにやれば
離《はな》れ技《わざ》です

ある対話《たいわ》

頭《あたま》がいいって
うらやましいな
そうでもないよ

頭《あたま》がほどほどで
実行力《じっこうりょく》のある方《ほう》が
実際《じっさい》に役立《やくだ》つからね

でも
ぼくみたいに
頭《あたま》が悪《わる》いよりは

頭《あたま》がいいだけで
羨《うらや》ましいな

そうでもないよ
君《きみ》のように
頭《あたま》が悪《わる》くて
実行力《じっこうりょく》もない方《ほう》が

謙虚《けんきょ》な場合《ばあい》が
多《おお》いからね

でも
頭《あたま》が良《よ》くて
実行力《じっこうりょく》もあり
謙虚《けんきょ》な人《ひと》もいるよ

まるで
仏様《ほとけさま》みたいに

そうでもないよ
君《きみ》のように
頭《あたま》が悪《わる》くて
実行力《じっこうりょく》もなく

時々《ときどき》傲慢《ごうまん》な方《ほう》が
生命力《せいめいりょく》があって
長《なが》生《い》きする人《ひと》が多《おお》いよ

でも
頭《あたま》が良《よ》くて
実行力《じっこうりょく》があり

謙《けん》虚《きょ》な人《ひと》で
長《なが》生《い》きしてる人《ひと》もいるよ
まるで
宇宙人《うちゅうじん》のように

そうでもないよ
君《きみ》のように

頭《あたま》が悪《わる》くて
実行力《じっこうりょく》もなく
時々《ときどき》傲慢《ごうまん》で
生命力《せいめいりょく》もない方《ほう》が
かわいいので
皆《みんな》に
愛《あい》されるよ

でも
頭《あたま》が良《よ》くて
実行力《じっこうりょく》があり
謙《けん》虚《きょ》な人《ひと》で
長《なが》生《い》きして
美《うつく》しい顔《かお》して

愛《あい》されてる人《ひと》もいるよ
まるで
神様《かみさま》のように

そうでもないよ
そんな人《ひと》は
心《こころ》が貧《まず》しくて

君《きみ》のように
神仏《しんぶつ》を大切《たいせつ》にして
生《い》きないから
あの世《よ》で
暗愚《あんぐ》な霊《れい》となり
実行力《じっこうりょく》もなく
神仏《しんぶつ》に対《たい》して

あくまで不遜《ふそん》だよ
それで
あの世《よ》で惑《まど》い
醜《みにく》い姿《すがた》になって
さ迷《まよ》ってるよ
まるで
妄者《もうじゃ》のようにね

そうかなあ……

文字《もじ》も読《よ》めず
自分《じぶん》の名前《なまえ》も
良《よ》く覚《おぼ》えられなかった
周利槃特《しゅりはんどく》は

釈迦《しゃか》の言《い》う通《とお》り
毎日《まいにち》
掃除《そうじ》だけを実行《じっこう》した

その中《なか》から
見性大悟《けんしょうたいご》し
釈迦《しゃか》の弟子《でし》の

十《じゅう》六《ろく》羅《ら》漢《かん》の一人《ひとり》になった

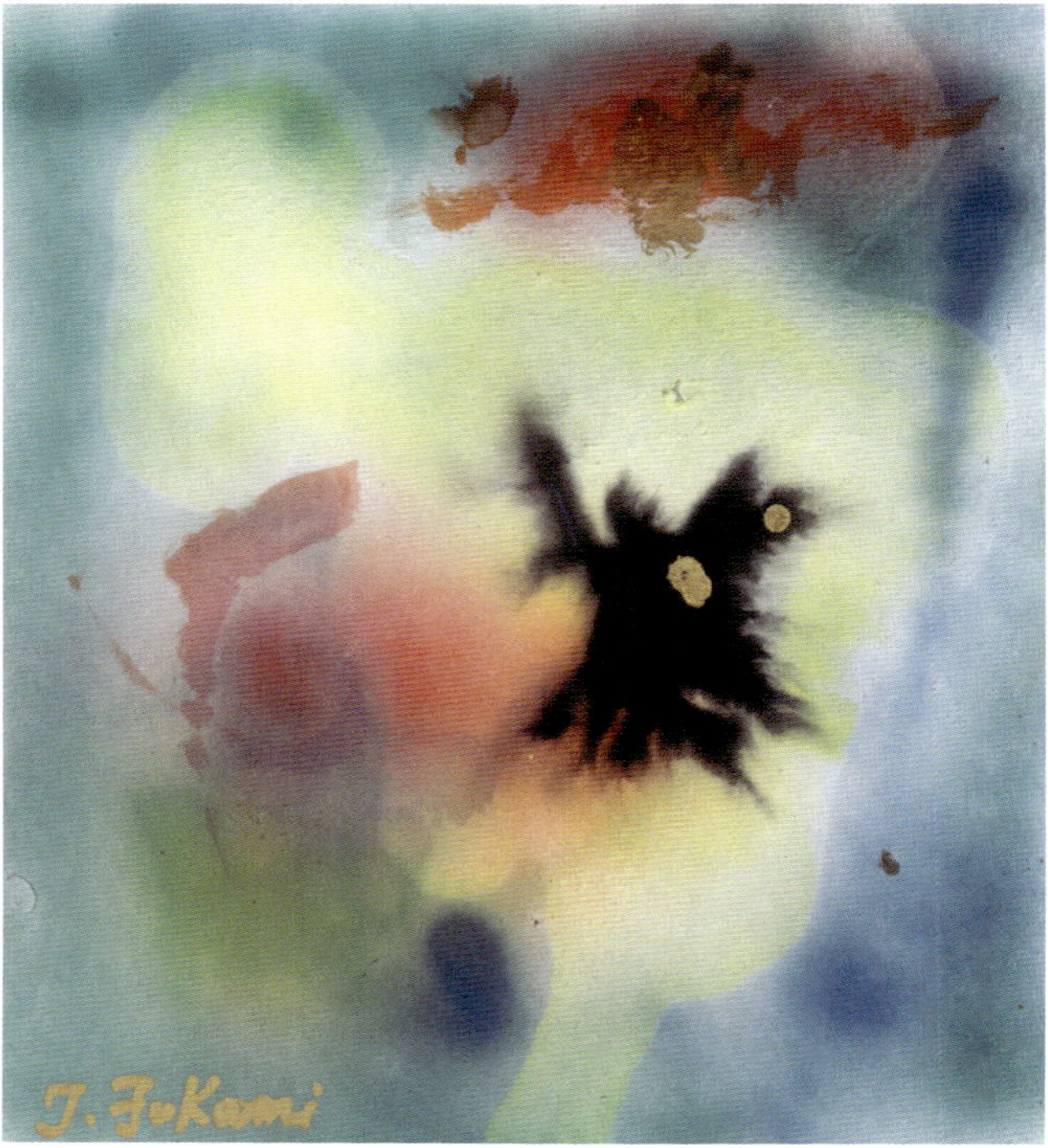

メルヘン国の黒猫／東州画

宇《う》宙《ちゅう》の光《ひかり》

宇宙《うちゅう》を見《み》ていたら
ピカッと何《なに》かが光《ひか》った
あれは
何《なん》の光《ひかり》だろう

きっと
光通信《ひかりつうしん》だ
それとも
ＵＦＯの光《ひかり》かな

もしかすると
光《ひかり》の国《くに》から

ぼくらのために
来《き》たぞわれらの
ウルトラ仮《か》面《めん》かな

そうかも知《し》れません
君《きみ》は？
ウルトラ仮《か》面《めん》ピカ

と申《もう》します
ずい分《ぶん》ハゲてるね
光《ひかり》の国《くに》から
来たものですから
どうしても…

ピカは言《い》った

光《ひかり》の主《ぬし》は
光《ひかり》そのもの
それが
宇宙《うちゅう》の光《ひかり》です
星《ほし》の光《ひかり》は
宇宙《うちゅう》の光《ひかり》の一部《いちぶ》です

星《ほし》の見《み》えない夜《よる》でも
宇宙《うちゅう》の光《ひかり》は届《とど》きます
気《き》持《も》ちが沈《しず》んだ時《とき》は
星《ほし》の光《ひかり》は
心《こころ》に届《とど》きません
でも夢《ゆめ》があって
宇宙《うちゅう》を見《み》つめていると

星《ほし》の光《ひかり》も宇宙《うちゅう》の光《ひかり》も
心《こころ》まで届《とど》くのです
その時《とき》
何《なに》かが光《ひか》ったら
その光《ひかり》は
ロマンやる気《き》となり
心《こころ》に広《ひろ》がります

するとやっぱり
その光《ひかり》は
光通信《ひかりつうしん》や
ＵＦＯのようだね
そうかも知《し》れません
夢《ゆめ》があり

心《こころ》さえ通《つう》じれば
宇宙《うちゅう》の光《ひかり》は
何《なに》にでもなる
想像力《そうぞうりょく》の光源《こうげん》です
それが
宇宙《うちゅう》の光《ひかり》です

それでは失礼《しつれい》します
シュワー
と叫《さけ》んで
ウルトラ仮面《かめん》ピカは
宇宙《うちゅう》に帰《かえ》って行《い》った
また
宇宙《うちゅう》のかなたで

何《なに》かが光《ひか》った
ピカ

飛《ひ》行《こう》機《き》

飛《ひ》行《こう》機《き》は飛《と》ぶ
どこまでも飛《と》ぶ
空《そら》の上《うえ》
ヘコーキはこく

どこまでもこく
席《せき》の上《うえ》

腹《はら》はゆれる心《こころ》もゆれる
空《そら》のゆらぎ
大腸《だいちょう》はゆれるズボンもゆれる
席《せき》のゆらぎ

空《そら》はどこまでも青《あお》く
顔面《がんめん》も青《あお》い
空《そら》の上《うえ》と席《せき》の上《うえ》

和歌山《わかやま》に向《む》かう
飛行機《ひこうき》の中《なか》
雲《くも》を突《つ》き抜《ぬ》け

ズボンを突《つ》き抜《ぬ》け
飛行機《ひこうき》はゆく
ヘコーキもゆく

魔女《まじょ》の目玉《めだま》

前《まえ》の座席《ざせき》のお兄《にい》さん
頭《あたま》が傾《かたむ》きゆれている
隣《となり》の座席《ざせき》のお姉《ねえ》さん
うつむいたまま眠《ねむ》ってる

後《うし》ろの座席《ざせき》のご婦人《ふじん》は
僕《ぼく》を見《み》つめてガムを噛《か》む
僕《ぼく》が後《うし》ろを振《ふ》り向《む》くと
ご婦人《ふじん》の目《め》と鉢合《はちあ》わせ
気《き》まずくなって向《む》き直《なお》り
楽譜《がくふ》を見《み》つめ暗譜《あんぷ》する
それでも僕《ぼく》の後頭部《こうとうぶ》に

こびりついた目《め》があって
座席《ざせき》がゆれるリズムに合《あ》わせ
ケラケラウフフと笑《わら》ってる
不気味《ぶきみ》に妖《あや》しく笑《わら》ってる
誰《だれ》かこの目《め》を取《と》ってくれ
楽譜《がくふ》の暗譜《あんぷ》の邪魔《じゃま》をする
魔女《まじょ》の目玉《めだま》を取《と》ってくれ

金玉《きんたま》

金玉《きんたま》は誰《だれ》にでもあるのに
「金玉《きんたま》！」と叫《さけ》ぶと
「それはちょっと」とたしなめられ
黙《だま》ってしまう他《ほか》はない

それでも小《ちい》さい子供《こども》らに
「金玉《きんたま》！」と叫《さけ》べば
皆《みな》は喜《よろこ》び叫《さけ》び合《あ》う
「金玉《きんたま》！　金玉《きんたま》！　金玉《きんたま》！　金玉《きんたま》！」
金玉《きんたま》は喜《よろこ》び
はずむ心《こころ》で遊《あそ》んでる
子供《こども》だけが金玉《きんたま》の友《とも》だ

子供《こども》こそが
金玉《きんたま》の天然《てんねん》の美《び》と尊厳《そんげん》を
正《ただ》しく知《し》っていてくれる
ミケランジェロの傑作《けっさく》の
ダビデ像《ぞう》の金玉《きんたま》のように
金玉《きんたま》は崇高《すうこう》で美《うつく》しい

うさぎさん

うさぎさん
うさぎさん
どうして
そんなに耳《みみ》が

長《なが》いのですか

誰《だれ》かが
耳《みみ》を引《ひ》っぱって
長《なが》くなりました
昔《むかし》は
ねずみだったのです

かえる

かえるよ
かえるよ
かえるさん
おなかを

大《おお》きくふくらませ
ピョンピョン
とんでる
はねてるね

何《なん》とおっしゃる
人間《にんげん》さん

メタボのおっさん
腹《はら》ふくれ
とんだりはねたり
するけれど
手足《てあし》は太《ふと》く
頭《あたま》はげ
ハアハア息《いき》を

切《き》らせてる
血《けつ》圧《あつ》高《たか》いよ
無《む》理《り》するな

それもそうだね
カエルさん
手《て》足《あし》も細《ほそ》く

心《こころ》も軽《かる》く
楽《たの》しそうに
とんでるものね

何《なん》とおっしゃる
人間《にんげん》さん
虫《むし》や蚊《か》を食《た》べ

ごちそうは
テカテカ光《ひか》る
銀蠅《ぎんばえ》だ
そんなカエルに
比《くら》べたら
メタボの人間《にんげん》
幸《しあわ》せだ

色々《いろいろ》食《た》べて
幸《しあわ》せだ
跳《と》べない人間《にんげん》
うらやましい

カエルのことを
思《おも》うなら

せめて田畑《たはた》に農薬《のうやく》を
使《つか》うのだけは
やめてくれ
エサの虫《むし》たち
死《し》に絶《た》えて
カエルも死《し》ぬしか
ないんだよ

言《い》うだけ言《い》ったら
カエルさん
ピョンピョン跳《と》んで
草《くさ》むらに
さっと
消《き》えてゆきました

古《ふる》時《ど》計《けい》

大《おお》きなのっぽの古《ふる》時《ど》計《けい》
おじいさんの寿命《じゅみょう》
刻《きざ》んでる
チクタク　チクタク

おばあさんは
ねぎ刻《きざ》み
おじいさんの
保険金《ほけんきん》数《かぞ》えてる

じいさんばあさん
仲良《なかよ》くて

粗大《そだい》ゴミの古時計《ふるどけい》
明日《あした》処分《しょぶん》をするそうだ
チクタク　チクタク

金運《きんうん》のない
ばあさんだから
保険金《ほけんきん》は入《はい》るまい

だからじいさん
長《なが》生《い》きだ
貧乏《びんぼう》のまま
幸《しあわ》せで
ばあさんと仲《なか》良《よ》く
暮《く》らすだろう

ソーラーで動《うご》く
時計《とけい》を買《か》って
いつまでも働《はたら》き
暮《く》らすといい
ここは
長寿《ちょうじゅ》の村《むら》だもの
チクタク　チクタク

古時計《ふるどけい》になっても
止《と》まらない

貧乏《びんぼう》な
夫婦《ふうふ》だからこそ
楽《たの》しい暮《く》らし
質素《しっそ》だからこそ

明《あか》るい
労働《ろうどう》の日々《ひび》
それで
命《いのち》の時計《とけい》が
続《つづ》くのさ
チクタク　チクタク
チクタク　チクタク

ばあさん

ばあさん
ばあさん
お乳《ちち》が長《なが》いのね
そうよ

年《とし》取《と》って
たーれたのよ

じいさん

じいさん
じいさん
お話《はなし》長《なが》いのね
そうよ

年《とし》取《と》って
ボケたのよ

かあさん

かあさん
かあさん
お化粧《けしょう》が長《なが》いのね
そうよ

皺《しわ》隠《かく》すの
大変《たいへん》なのよ

とうさん

とうさん
とうさん
後《うし》ろ髪《がみ》長《なが》いのね
そうよ

前《まえ》にやり
ハゲ隠《かく》すんだ

ぞうさん　その1

ぞうさん
ぞうさん
おみ足《あし》太《ふと》いのね
そうよ

人間《にんげん》も
太《ふと》いのいるよ

ぞうさん　その2

ぞうさん
ぞうさん
お鼻《はな》が長《なが》いのね
そうよ

天狗《てんぐ》だって
長《なが》いのよ

ぞうさん　その3

ぞうさん
ぞうさん
おめめが細《ほそ》いのね
そうよ

モンゴル人《じん》も
細《ほそ》いのよ

ぞうさん　その4

ぞうさん
ぞうさん
体《からだ》が重《おも》いのね
そうよ

サイだって
重《おも》いのよ

ぞうさん　その5

ぞうさん
ぞうさん
肌《はだ》荒《あ》れがひどいのね
そうよ

ワニなんか
ガタガタよ

ぞうさん　その6

ぞうさん
ぞうさん
しっぽだけ細《ほそ》いのね
そうよ

お猿《さる》さんも
細《ほそ》いのよ

ぞうさん　その7

ぞうさん
ぞうさん
お耳《みみ》が大《おお》きいね
そうよ

空《そら》飛《と》ぶ時《とき》は
便《べん》利《り》だよ

ぞうさん　その8

ぞうさん
ぞうさん
水《みず》浴《あ》びしてるのね
そうよ

カバさんは
毎日《まいにち》よ

ぞうさん　その9

ぞうさん
ぞうさん
戦《たたか》えば強《つよ》いのね
そうよ

子《こ》供《ども》のために
戦《たたか》う時《とき》は

ぞうさん　その10

ぞうさん
ぞうさん
家族《かぞく》連《づ》れで生《い》きるのね
そうよ

人間《にんげん》と
同《おな》じだよ

ラッパ

おへそ虫《むし》の
周《まわ》りに
おなら虫《むし》が
遊《あそ》ぶ

プー
なんだこの虫《むし》
屁《へ》こき虫《むし》じゃないか
へーそうですよ
へそ出《だ》して
寝《ね》ていると

お腹《なか》が冷《ひ》えて
いろんな虫《むし》が生《う》まれる

屁《へ》こき虫《むし》は
腸《ちょう》の健康《けんこう》を守《まも》る
ラッパ虫《むし》の子《こ》で
悪《わる》い虫《むし》と戦《たたか》い

いつも
進軍《しんぐん》ラッパを
鳴《な》らすんだ
プップルプー
プップップー

無理《むり》

無理《むり》の利《き》かない
体《からだ》になった
無理《むり》の利《き》いた
昔《むかし》の体《からだ》に戻《もど》りたい

無理《むり》かな

無理《むり》やり
無理《むり》の利《き》く体《からだ》に
するには
どうすればいいか
良《よ》く眠《ねむ》るしか

ないだろう
たっぷり寝《ね》ると
眠《ねむ》りの森《もり》の精《せい》が
若返《わかがえ》りの花《はな》の
蜜《みつ》をくれる
その蜜《みつ》が体《からだ》を包《つつ》み

若《わか》く輝《かがや》く体《からだ》に
してくれる

眠《ねむ》りの森《もり》の
美女《びじょ》に会《あ》うよりも
その花《はな》の蜜《みつ》の
象一頭分《ぞういっとうぶん》が欲《ほ》しい

無理《むり》かな
その花《はな》の蜜《みつ》は
一日《いちにち》に一滴《いってき》しか
採《と》れないからね

涙《なみだ》

喜《よろこ》びは
うれしい時《とき》に
感《かん》じるが
悲《かな》しみは

いつでも感《かん》じる
寂《さび》しい時《とき》辛《つら》い時《とき》
苦《くる》しい時《とき》も
不《ふ》信《しん》や不《ふ》満《まん》で
腹《はら》立《た》つ時《とき》も
いつでも感《かん》じる

悲《かな》しみを
消《け》したいけれど
いっそ悲《かな》しみを
喜《よろこ》びに変《か》える
魔法《まほう》はないものか
涙《なみだ》の魔法《まほう》があります

しばらく泣《な》いて
悲《かな》しみが
感謝《かんしゃ》に変《か》わると
その涙《なみだ》の雫《しずく》から
光《ひかり》が出《で》て
喜《よろこ》びの光明《こうみょう》を
作《つく》ってくれる

涙《なみだ》はそのために
神様《かみさま》が作《つく》ったもの
魔《ま》法《ほう》の薬《くすり》です

だから
悲《かな》しいときは
いっぱい
涙《なみだ》を流《なが》しましょう

すると
薬《くすり》に変《か》わり
感謝《かんしゃ》が生《う》まれ
魔法《まほう》が利《き》いて
喜《よろこ》びに変《か》わるのです

元祖《がんそ》

たこやきが好《す》き
会津屋《あいづや》のたこやきが
一番《いちばん》好《す》き
昭和《しょうわ》八年《はちねん》から始《はじ》めた

たこやきの元《がん》祖《そ》だ
何《なん》でも元《がん》祖《そ》は
ゼロから作《つく》り
仕《し》上《あ》げた創《そう》作《さく》者《しゃ》
元《がん》祖《そ》の味《あじ》は
物《もの》作《づく》りの
クリエーターの味《あじ》だ

会津屋《あいづや》のたこやきと
日清《にっしん》のチキンラーメンは
今《いま》でも
一番《いちばん》おいしい
たこやきとラーメンだ
またもう一個《いっこ》
会津屋《あいづや》本店《ほんてん》の

元祖《がんそ》たこやきを食《た》べる
たまらないおいしさ
本当《ほんとう》に
たまらないおいしさだ

万《まん》華《げ》鏡《きょう》

女性《じょせい》のマタを
のぞいて見《み》たら
また
マタがあった

そのマタを
のぞいて見《み》たら
また
マタがあった
女性《じょせい》のマタは
どこまでも続《つづ》く
マタまたマタの

マタだった

マタタビ者《もの》は
これを探《さが》し求《もと》め
マタタビに酔《よ》う
猫《ねこ》は狂《くる》う

万華鏡《まんげきょう》を
いつまでも眺《なが》め
不思議《ふしぎ》な
世界《せかい》に
ゼウスは
のめり込《こ》んだ

本当《ほんとう》に
楽《たの》しかった
いつまでも
そこに
居《い》たかった
鏡《かがみ》が鏡《かがみ》を映《うつ》す

万華鏡《まんげきょう》
マタまたマタの
不思議《ふしぎ》な世界《せかい》
女性《じょせい》の魅力《みりょく》も
魔性《ましょう》も
そこにある
こうして

ゼウスの旅《たび》は
続《つづ》くのであった
マタ会《あ》う日《ひ》まで

戸渡阿見—ととあみ

小説家、劇作家、詩人、俳人、歌人、川柳家としてのペンネームを、戸渡阿見や深見東州とす。5才から17才まで、学校の勉強はあまりしなかったが、18才から読書に目覚め、1日1冊本を読み、突然文学青年になる。また、中学3年から川柳を始める。18才から俳句を始め、雑誌に投稿し始める。46才で中村汀女氏の直弟子、伊藤淳子氏に師事し、東州句会を主宰。毎月句会を行う。49才で、第一句集「かげろふ」を上梓。55才で、金子兜太氏の推薦により、現代俳句協会会員となる。57才で、第二句集「新秋」を上梓す。その他、写真句集や、俳句と水墨画のコラボレーションによる、「墨汁の詩(うた)」もある。短歌は、38才で岡野弘彦氏に師事。毎月歌会を行う。詩は、45才で、第一詩集「神との語らい」を出版。その後、詩集や詩画集を発表。54才で、井上ひさし氏の推挙により、社団法人日本ペンクラブの会員となる。56才で短篇小説集「蜥蜴(とかげ)」をリリース。第2短篇小説集「バッタに抱かれて」は、日本図書館協会選定図書となる。また、2017年に第3短篇小説集「おじいさんと熊」を発表。絵本も多数。また、56才で「明るすぎる劇団・東州」を旗揚げし、団長として原作、演出、脚本、音楽の全てを手がける。著作は、抱腹絶倒のギャグ本や、小説や詩集、俳句集、自己啓発書、人生論、経営論、文化論、宗教論など、290冊以上に及び、7カ国語に訳され出版されている。中国国立浙江大学大学院中文学部博士課程修了。文学博士(Ph.D)。中国国立浙江工商大学日本文化研究所教授。

装丁　宮坂佳枝
本文デザイン・カット　富田ゆうこ
本文写真　シャッターストック

戸渡阿見詩集　ネコの目玉！

2019年5月31日　初版第1刷発行

著　者　戸渡阿見
発行人　杉田百帆
発行所　株式会社たちばな出版
〒167-0053 東京都杉並区西荻南2-20-9 たちばな出版ビル
TEL 03-5941-2341
FAX 03-5941-2348
ホームページ https://www.tachibana-inc.co.jp/
印刷・製本　株式会社　精興社

ISBN978-4-8133-2645-8 Printed in Japan